El árbol más feliz

un cuento sobre yoga

POR Uma Krishnaswami

ILUSTRACIONES DE Ruth Jeyaveeran

TRADUCIDO POR Eida de la Vega

LEE & LOW BOOKS INC. • NEW YORK

do: dos
ek: uno
gup-chup: mudo, estupefacto
matthi: especie de galleta que se hace con harina, sal, especias y mantequilla o aceite
na: no
rani: reina; también se usa como expresión de cariño
yoga: antiguo sistema indio de meditación y ejercicios

Gracias a Debbie McMurray por su ayuda con las instrucciones de la clase de yoga de Tía. —U.K.

LEE & LOW BOOKS Inc., 95 Madison Avenue, New York, NY 10016, leeandlow.com

Manufactured in China by South China Printing Co., June 2013

Spanish translation by Eida de la Vega
Book design by Tania Garcia
Book production by The Kids at Our House
The text is set in Baskerville
The illustrations are rendered in acrylic

10 9 8 7 6 5 4 3 2 1
First Edition

Library of Congress Cataloging-in-Publication Data
Krishnaswami, Uma.
[Happiest tree. Spanish]
El arbol mas feliz : un cuento sobre yoga / por Uma Krishnaswami ; ilustraciones de Ruth Jeyaveeran ; traducido por Eida de la Vega. —First edition.
pages cm
Summary: Embarrassed by her clumsiness, eight-year-old Meena, an Asian Indian American girl, is reluctant to appear in the school play until she gains self-confidence by practicing yoga.
ISBN 978-1-62014-149-6 (spanish : alk. paper)
[1. Yoga—Fiction. 2. Self-confidence—Fiction. 3. Theater—Fiction. 4. East Indian Americans—Fiction. 5. Spanish language materials.] I. Jeyaveeran, Ruth, illustrator. II. Vega, Eida de la. III. Title.
PZ73.K693 2013 [E]—dc23 2013018661

Para Sally Davies —U.K.

Para mi familia —R.J.

Meena estaba emocionada con la obra que su clase estaba escribiendo: una versión nueva y mejorada de *La Caperucita Roja*. Se rió a carcajadas cuando decidieron que la abuelita iba a perseguir al lobo. Le gustó imaginar cómo terminaría el cuento para el leñador. Y le encantó pintar los decorados... hasta que derramó la pintura.

—No te preocupes —dijo la señora Jackson, la maestra de Meena.

Pero Meena se sintió muy mal.

Cuando los estudiantes decidieron qué papel haría cada uno, Meena fingió no estar interesada.

—Meena, todos tienen que hacer un papel —dijo la señora Jackson.

Meena negó con la cabeza y sólo dijo:

—No puedo. Soy muy torpe.

La señora Jackson no estaba dispuesta a aceptar un “no” y le dijo:

—Claro que puedes. Puedes ser un árbol. Se necesitan muchos árboles en el bosque.

Pronto llegó la hora del primer ensayo. Mientras caminaba hacia el escenario, Meena confiaba en no tropezar y no trastabillar.

Pero tropezó y trastabilló. Y casi se cae.

—Meeee-na... —gimieron los demás árboles.

Meena deseó que el escenario se la tragara y convertirse en un árbol que desaparece.

Esa noche durante la cena dijo con desánimo:

—Soy el peor árbol del mundo.

—¿Por qué? —le preguntó su mamá—. ¿Qué pasó?

Meena les contó a sus padres que había tropezado y trastabillado en el ensayo.

—No te preocupes, Meena *rani* —le dijo su mamá—. Lo que pasa es que las piernas y los brazos te están creciendo muy rápido, y eso puede hacerte sentir torpe a veces.

—No tienes que ser perfecta —añadió su papá—. Hazlo lo mejor que puedas.

—Soy increíblemente torpe —dijo Meena con tristeza.

Al día siguiente, Meena y su mamá fueron a la tienda india a comprar arroz, harina y especias. ¡Había tantas cosas! Meena daba vueltas mirándolo todo.

—Cuidado —le dijo su mamá.

—Estoy siendo cuidadosa —dijo Meena.

Entonces se inclinó para mirar una campanita de latón y tumbó un saco de arroz.

—No importa —dijo la señora Vohra, la dueña de la tienda—. Déjala que mire.

Le dio a Meena un trozo de *matthi*. Los sabores aromáticos de la galleta danzaron en la boca de Meena al desmoronarse.

—Gracias, Tía —dijo Meena.

La señora Vohra era como una tía para todos.

ARROZ

Shakti

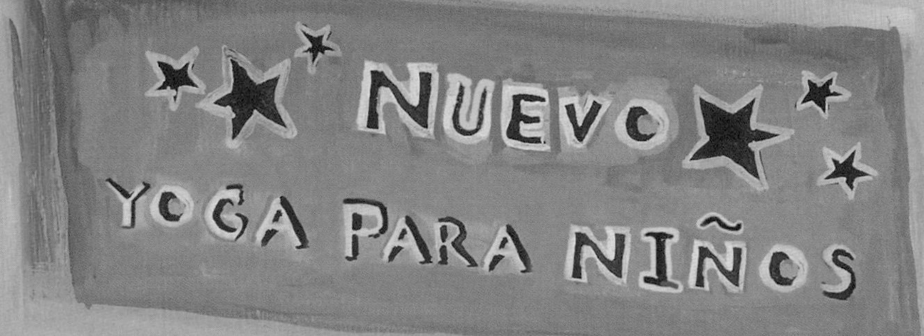

En ese momento, Meena vio algo que la dejó *gup-chup*, muda del asombro. A través de una ventana que había en el fondo de la tienda ¡vio unos pies! Subían en el aire, se mantenían quietos por un momento y luego volvían a bajar despacio.

—Esa es una de nuestras clases de yoga —dijo Tía—. ¿Te gustaría venir a mi clase de yoga para niños?

—Soy muy torpe —dijo Meena.

—Qué torpe ni torpe —dijo Tía—. Sólo inténtalo y verás, ¿*na*?

Meena miró por la ventana. Ahora se elevaban las manos. Meena subió los brazos y unió las palmas por encima de la cabeza.

—Pues, mira —dijo Tía—. Ya lo estás haciendo bien.

Así que Meena accedió a apuntarse en la clase de yoga.

La clase de yoga no era fácil, pero Meena se esforzó. Respiró despacio y profundamente. Se estiró como una banda elástica.

—Vamos a hacer la postura del gato —dijo Tía—. Respiren. Arquéense... exhalen. Bajen... inhalen.

Meena tomó aire y lo dejó salir, arqueó la espalda hacia arriba y hacia abajo pero de pronto perdió el equilibrio. Un pie se le resbaló y casi le da al "gato" que estaba detrás de ella.

—Ahora, la postura de la rana —dijo Tía—. Pónganse de rodillas... Siéntense sobre los pies... Separen las rodillas... Inclinen el cuerpo hacia delante.

Meena inclinó el cuerpo hacia abajo, pero cuando trató de poner las manos en el suelo para descansar en la hoja de nenúfar, se cayó.

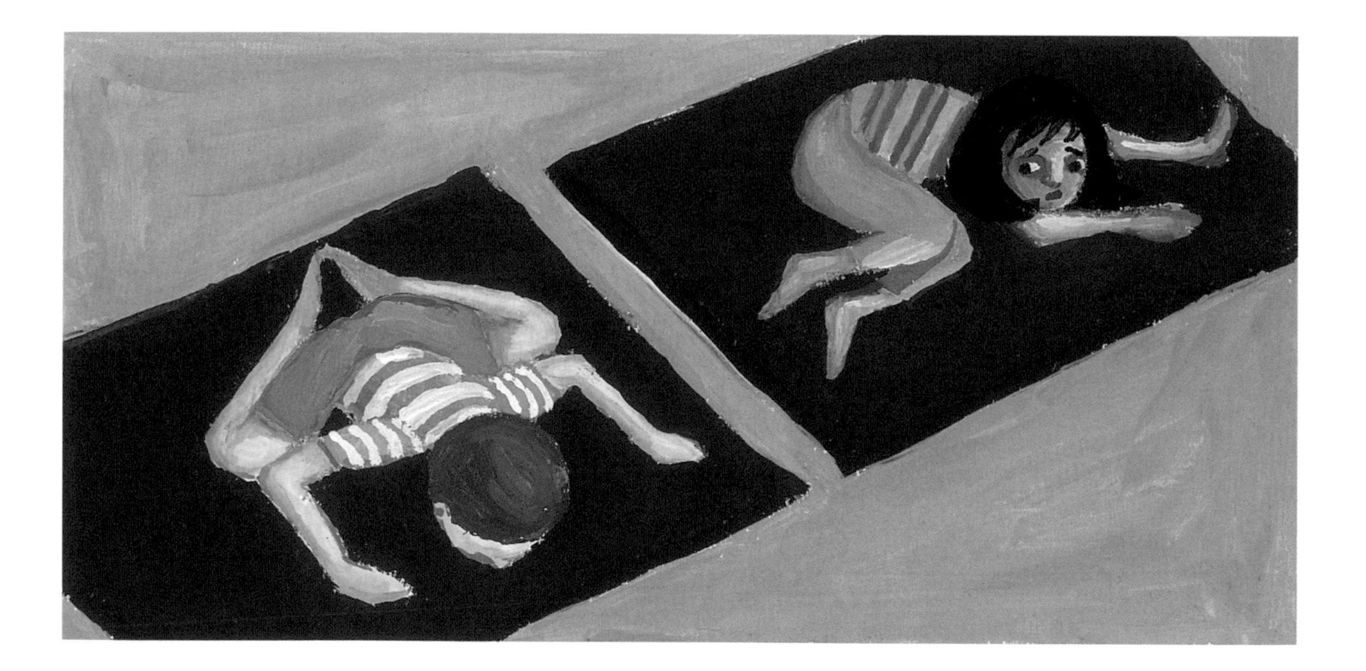

Meena se estiró y respiró durante la clase. Tía le dijo que lo hacía bien y la ayudó cuando hubo algo difícil. Pronto Meena fue capaz de respirar profundamente y de quedarse quieta. Sus pies no sobresalían mucho y no se caía tanto.

—Muy bien, Meena —dijo Tía.

Meena sintió un calorcito dorado en su interior.

Durante los ensayos de *La Caperucita Roja*, Meena trataba de mantenerse quieta, pero a sus pies les costaba trabajo echar raíces. Se lo pasaba mirando a su alrededor. Se reía de todas las partes graciosas y quería decir las frases cuando sus compañeros las olvidaban.

—Meena, estate quieta —dijo uno de los árboles.

—Sólo puedes mover tus ramas —dijo otro.

—Silencio —dijo un tercero.

Meena trató de quedarse quieta, pero fue difícil que dejara de mover los brazos y las piernas.

Sin embargo, en la clase de yoga, los brazos y las piernas de Meena aprendieron a desplazarse con movimientos suaves y lentos. Se estiró con el estómago pegado al suelo y mantuvo los pies juntos. Se apoyó en los brazos para alzarse, y elevó la cabeza mientras la giraba a la izquierda y luego a la derecha, en la postura de la cobra.

Un día, Tía anunció:

—Vamos a practicar la postura del árbol.

—¡Ay, no! —gritó Meena —No sirvo como árbol.

Tía la miró extrañada, y Meena le explicó lo de la obra de teatro.

—Ahora entiendo —dijo Tía—, pero un árbol yoga es diferente. A ver, respira profundo. Aguanta la respiración por dos segundos... *ek, do...* y ahora exhala.

Meena empezó a relajarse. Enraizó los pies en el suelo y elevó los brazos. Continuó respirando. Se calmó y sus preocupaciones desaparecieron.

Después de varias semanas, a Meena le fue fácil respirar despacio y profundamente en la clase de yoga.

Un día, cuando todos los niños estaban sentados en la postura del loto, a Meena se le ocurrió algo: “Puedo cambiar mi cuerpo según me sienta por dentro. Si estoy quieta por dentro, mi cuerpo estará quieto. De eso trata el yoga”.

Meena se aferró a ese pensamiento. La llenó de gozo. Se imaginó alta, de pie y quieta, echando raíces en el bosque de la Caperucita Roja.

La noche de la función de la versión nueva y mejorada de *La Caperucita Roja* los padres de Meena la llevaron a la escuela.

Meena y sus compañeros se pusieron los disfraces. La camiseta y las medias de Meena eran elásticas y suaves, pero las ramas le hacían cosquillas y las raíces la arañaban.

—No te preocupes, Meena *rani* —le dijo su mamá—. Todo va a salir bien.

—Sabemos que serás un magnífico árbol —le dijo su papá.

—Todos al escenario —anunció la señora Jackson—. Es hora de empezar la obra.

Y en ese momento sucedió. Cuando Meena entró al escenario, una de sus ramas se enganchó en la capa de Caperucita y el pie derecho de Meena pisó las raíces del pie izquierdo.

Tropezó y casi se cae.

—¡Meena! —susurraron los otros árboles.

—Meena, quítate las raíces rotas —dijo la señora Jackson—. Hazlo lo mejor que puedas.

Meena se desenredó del montón de raíces y buscó un lugar para esconderse. ¿Cómo podría ser un árbol si no tenía raíces?

Se asomó por las cortinas y vio que el público llegaba. Vio a su mamá y a su papá. Y vio a otra persona: Tía había venido a ver a Meena haciendo de árbol.

Meena supo que no podía esconderse, así que empezó su respiración yoga. Adentro... afuera. Adentro... afuera. Estaba tan quieta que oía el latido de su corazón. Entonces, se irguió en su mejor posición de árbol, subió los brazos y ocupó su lugar en el escenario.

"¡No te preocupes por esas tontas raíces!", se dijo Meena.

Ella iba a hacer crecer sus propias raíces de yoga en el suelo del bosque.

Las cortinas se abrieron y la obra comenzó. La abuelita persiguió al lobo. El leñador se convirtió en un vendedor de papel reciclado. Y Caperucita Roja escribió una obra de teatro acerca de su terrible día en el bosque.

Todo ese tiempo, Meena tomó aire y lo exhaló. Estuvo quieta cuando fue necesario y se movió lenta y cuidadosamente cuando tuvo que hacerlo. Pero lo mejor de todo fue que ella supo que podría hacerlo de nuevo, y cada vez que quisiera.

Meena fue el árbol más feliz de todo el bosque.

Más sobre el yoga

El yoga o hatha yoga se ha practicado en la India durante muchos siglos. Hoy en día es popular en todo el mundo.

El yoga es una forma de tener conciencia del cuerpo y de la mente y de cómo estos funcionan juntos. Las personas que practican yoga aprenden a respirar profundamente. Aprenden a reconocer la forma en que su cuerpo se mueve y a controlar y balancear sus movimientos. Al mismo tiempo, aprenden a enfocarse en el presente y a calmar la mente.

Aquí hay algunas posturas de yoga que Meena aprendió en el cuento.

Árbol

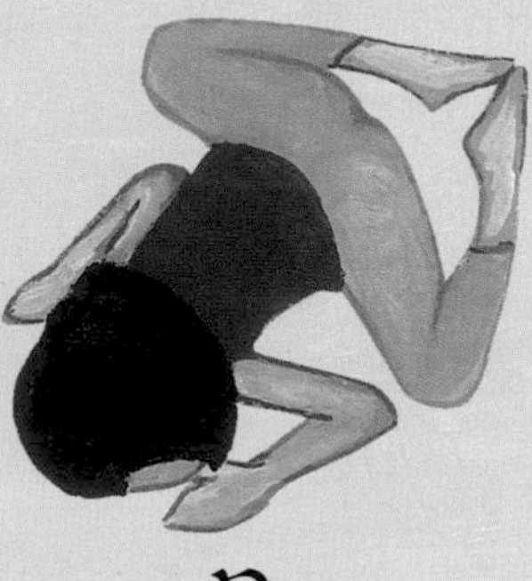

Rana

Loto

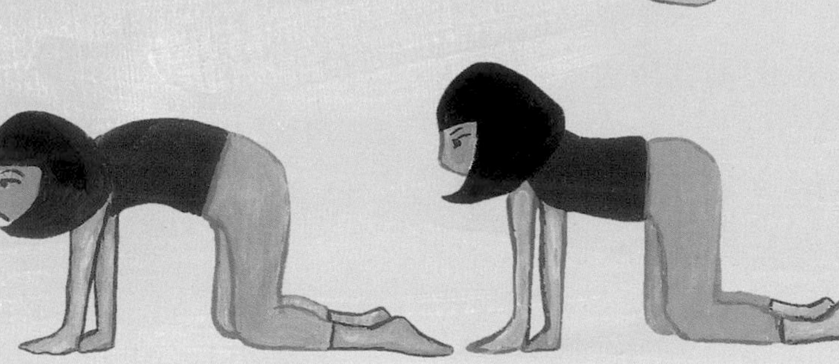

Gato

Libros de yoga para niños

Lark, Liz. *Yoga for Kids*. Richmond Hill, Ontario: Firefly, 2003.

Wong, Janet. *Twist: Yoga Poems*. New York: Margaret K. McElderry Books, 2007.

Yoo, Taeeum. *You Are a Lion and Other Fun Yoga Poses*. New York: Nancy Paulsen Books, 2012.

Cobra